欢迎来到欲望商店

[日] 吉竹伸介 著　　伍能位 潘郁灵 译

欲が出ました

湖南文艺出版社
HUNAN LITERATURE AND ART PUBLISHING HOUSE　博集天卷
CS-BOOKY

YOKU GA DEMASHITA

by Shinsuke Yoshitake

Copyright © Shinsuke Yoshitake 2020

All rights reserved.

Original Japanese edition published by SHINCHOSHA Publishing Co., Ltd.

Chinese translation rights in simplified characters arranged with

SHINCHOSHA Publishing Co., Ltd.

through Japan UNI Agency, Inc., Tokyo

著作权合同登记号：图字 18-2021-82

图书在版编目（CIP）数据

　　欢迎来到欲望商店 /（日）吉竹伸介著；伍能位，
潘郁灵译 . -- 长沙：湖南文艺出版社，2021.11
　　ISBN 978-7-5726-0406-5

　　Ⅰ.①欢… Ⅱ.①吉… ②伍… ③潘… Ⅲ.①散文集
—日本—现代 Ⅳ.① I313.65

中国版本图书馆 CIP 数据核字（2021）第 203743 号

上架建议：随笔·人生哲学

HUANYING LAIDAO YUWANG SHANGDIAN
欢迎来到欲望商店

作　　者：	[日] 吉竹伸介
译　　者：	伍能位　潘郁灵
出 版 人：	曾赛丰
责任编辑：	匡杨乐
监　　制：	于向勇
策划编辑：	陈晓梦
营销编辑：	段海洋　王　凤
版权支持：	金　哲
版式设计：	李　洁
封面设计：	利　锐
出　　版：	湖南文艺出版社
	（长沙市雨花区东二环一段 508 号　邮编：410014）
网　　址：	www.hnwy.net
印　　刷：	北京中科印刷有限公司
经　　销：	新华书店
开　　本：	787mm×1092mm　1/32
字　　数：	86 千字
印　　张：	6.25
版　　次：	2021 年 11 月第 1 版
印　　次：	2021 年 11 月第 1 次印刷
书　　号：	ISBN 978-7-5726-0406-5
定　　价：	45.00 元

若有质量问题，请致电质量监督电话：010-59096394
团购电话：010-59320018

前言

はじめに

大家好，我是绘本作家和插画家吉竹伸介。

拙作面世。承蒙错爱，万分感谢。

这本书是前一部作品《想呀想呀想不停》的续集。
由于上一本书意外获得广大读者的好评，出版社同人们意犹未尽，我这才应邀创作了第二本。

意犹未尽的出版社同人们

这本书的内容和上一本一样，都讲述了我创作画稿时的杂感和一些趣事，并以随笔的形式呈现给大家。

帮我整理成稿

絮絮叨叨

后悔莫及

实际上，平时的我也是个生活在欲望中的人。老实说，在本书的创作过程中，我的心中便藏着一份私愿。
那就是希望"即便没有那些解说词，大家也愿意看我的画"。

请先尝尝原味的吧。

不了，谢谢。

4.

在每一章的末尾，都有专门的画作展示（《图文小品》部分），这些画作的编排没有特定顺序，完全是随机摆放的。

相互冲突的欲望

可这是一本随笔集啊……

我想在这里塞一点速写……

5.

有些地方可能难以理解，如果能得到诸位读者
朋友最大的宽容和善意，那实在是我的荣幸。

只要人人都多一分宽容，

世界就会变得更加和平友爱。

6.

那么，说到"欲望"，虽然每个人都有各种各样的
欲望，但我觉得有一种欲望是大家都拥有的，那就
是"了解欲"。

成功欲　　物欲

睡眠欲

食欲

性欲

自我表现欲

好想知道
招人喜欢的诀窍！

7.

我觉得人们之所以容易想太多，其中一个
重要的原因大概就是内心有了解欲。

你内心的了解欲数值偏高啊！

"想知道……"的好奇心，其实动物们也有。

是猎物还是天敌？
好想知道！

不过我觉得，"想弄明白……""想理解……"
这样的内心活动，却是我们人类所独有的。

我怎么就看走眼了？居然把那种人当朋友。

我究竟算什么？我是个笨蛋吧？

正因如此，人们一旦遇到无法理解的事，就会
陷入巨大的焦虑之中。

说清楚！

必须给我们一个合理的说法！

话说回来，了解欲只是人类众多欲望中的一种，
而欲望的强弱自然会存在个体差异。

您好！

请问，您哪方面的欲望比较强呢？

了解欲强的人，更容易认理、较真。

只要明白了道理，整个世界不就都在
掌控之中了吗？

了解欲比较弱的人，则随心而过，并不怎么
追求一个"理"字。

凭感情做决断，
而不是凭道理。

啊，果不其然……

这个世界，可不是靠道理运转的……

而与认理、较真的了解欲截然相反的，
想必就是"佛系接受"的状态了。

做一做力所能及
的事情就好了。

真是"佛系"……

总而言之，"思考"这件事情，实际上只是了解欲强的人为了自我安慰而做出的举动。

真的？！
听你这么一说，我也很想了解了解……

你读过这本书吗？
我读了三遍，每次都有收获！

16.

既然了解欲是一种欲望，那么，它的终极目标自然是为了获得"快乐"。

啊，原来如此！
我明白了！

这感觉真棒！！

既然会获得快乐，人们自然愿意与他人分享并产生共鸣。

太棒了……

是吧，是吧？！

17.

既然是欲望，自然容易让人得陇望蜀。

如果不能平衡好其中的度，人就会受到欲望的控制。

仅仅是简单的了解，

已经无法满足了！

我还要……

我还要……

有一种说法认为，无论科学还是宗教，其本质都是一样的，都是在追问"你想相信什么"这一点。

咦，这么说来咱们还是老乡？

还来自同一所中学？！

不管是道理还是情感，或许在"来源于哪种欲望"这一点上都是相同的。

归根到底还是那句话："欲望是不可避免的。"

哎呀，都一把年纪了，
真是不好意思！

哈哈哈哈······

硬是啰啰唆唆地说了这么多。那就先到此为止吧。
诸位看官，请——

能看多少看多少，
千万别勉强······

欢迎来到欲望商店

第 1 章　家里家外的欲望

第 2 章　父母和孩子的欲望

第 3 章　从早到晚的欲望

第 1 章

家里家外的欲望

欲望写在脸上时的表情

欲望写在脸上时的表情

这是欲望写在脸上时的表情。日常生活中，人们总会产生各种各样的欲望：这点心不错，真想再吃一个；好困哪，好想再睡一会儿；等等。

人们在欲望的驱使下取得成功，也因为欲望的膨胀而功败垂成。那么，你有没有想过，当内心产生这些欲望的一瞬间，脸上会浮现出什么样的表情呢？

比如，当人们脑海中产生"继续加油，搞不好将来我能成为一名作家"或者"只要不出声，说不定还能再吃一个"之类的欲望时，脸上会有什么样的表情呢？其实，人就是这样。当我们觉得一件事情居然出乎意料地可行时，脸上总会出现一种难以名状的表情。如果有人能把欲望产生时呈现在人们脸上的表情拍下来做成相册，那我一定会买一本收藏。

我很想通过这样的相册来欣赏各种欲望产生时的表情，并想象着相册里那个人，彼时彼刻心底正在产生某种小欲望，正因自己的小欲望或许可行而感到"小确幸"（微小而确实的幸福）。只不过，现在最大的问题是，如何才能将那些瞬间拍下来。

这只是一些零零碎碎的想法。虽然没有什么条理，但我一向习惯于把自己的想法原原本本地写下来。

要在上午做完的事

日常生活中似乎有这样一种现象，那就是很多人都希望在上午把事情做完。

有一次周末，我拿着一张大床单到自助洗衣房去洗，没想到那里居然拥挤得像个菜市场。

看来，大家都想到一块儿去了：平日里要上班，所以趁着周末赶紧把衣服、被褥给洗了。而且，大家在上午做完这种生活琐事当然最好，下午就好腾出时间和亲朋好友出去聚会。因此，周末上午的自助洗衣房，自然成了最受欢迎的地方。

店里的阿姨不是常说嘛，"工作日的下午最清闲"，因为那段时间里所有人都在努力工作。

人们都希望在上午把事情做完，这个规律起初只不过在我的脑海中一闪而过。后来仔细想想，我发现还真是这么回事。我感觉这似乎是一个伟大的发现，至少，这是一条能够将我们带向伟大发现的重要线索。我甚至觉得，人们可以从中挖掘出巨大的商机。

这一规律不仅体现在浆洗洒扫这些生活琐事上，一定还存在于其他各式各样的场合。

人们都希望在上午把事情做完。

好想养一只这样的猫

怎么样？

喵——
（真合身！）

"这件衣服怎么样？"

"喵——"

如果你问猫咪一个问题，它必定会应你一声"喵"

（妙啊）。

不管你身上穿着什么，它的回答全都是"喵"。

我好想养一只这样的猫。

卫生纸的包装袋

大家都曾打开过卫生纸的包装袋吧？一般是怎么打开的？用剪刀剪开吗？

我这人怕麻烦，所以总是"唰"的一下直接撕开。反正都是撕，怎么撕还不都一样？或许你们也是这样想的。

我想说的是，那层包装袋的开口应该设计得再贴心一点才是。我们只不过想拿一卷纸出来，哪知道袋子那么难撕。不过，话说回来，我们也可以把这个过程所花费的时间当成试错成本。我想，这实际上不也是我们生活的一部分吗？

大家都曾

打开过卫生纸的包装袋吧？

这样便要 15%

我告诉你啊。

就这样
便要 15%！

　　有一次，我听见一位阿姨非常兴奋地说了句："我告诉你啊，就这样便要 15%！"

　　那时候，我正好坐在旁边的位子上。我循声望去，只见她手舞足蹈，举止非常夸张，说了这么一句没头没尾的话。

　　是不是让人很好奇？什么叫"这样便要 15%"？究竟是什么意思？谁知道呢，我也只听到了这半句。

　　我们在日常生活中，也经常会遇到这种情况。

　　突然听到一句这种不上不下的话，让人不禁也跟着好奇：她们到底在商量什么？她们说的这 15% 背后是什么？

　　我觉得这样挺好的。生活中这些不经意间传入耳中的日常对话，常让我对这个世界充满好奇，觉得日子充满了希望，明天也依然美好。

浮现在表面的种种

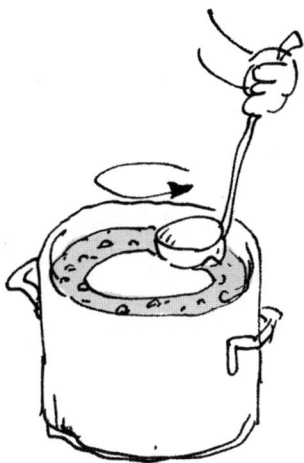

先把浮在汤面上的各种配料小
心地划拉开，然后再舀汤。

大家都知道，拉面店里通常会放着一口大锅，里面满满地装着一锅熬好的高汤。沸腾的汤面上漂浮着上下翻滚的葱姜和猪骨等汤料。老板在往外舀汤之前，会用一柄大勺子在汤面上划拉一圈，再舀。

我特别喜欢这个场景，百看不厌。

人们想喝的，是汤面下用各种汤料熬制出的澄澈的汤头。但是，由于汤面上漂浮着各种各样的配料，舀汤的勺子稍微停顿一下，这些汤料便会冷不丁地溜进勺子里。所以，在舀汤的时候，必须先用勺子划拉一圈。

写作也是一样的道理。为了更好地展现那些我们真正想表达的内容，为了把有趣的内容立体地呈现在大家面前，我们就必须先做足铺垫。

在拉面店出餐的整个过程中，小心地把漂浮的汤料划拉开，精准地把顾客想喝的汤头舀出来，其实才是最难、最重要的一个环节。这就是我从拉面店的日常情景中获得的一个启发。

而在我们的生活中，有些多余的东西趁我们一不小心就会混进来。如果不把它们剔除，就会干扰到我们真正想表达的内容，或者影响事物原本的滋味。

如果能一气呵成地完成这个去粗取精的过程，那将是何等畅快的一件事。

提醒我们感恩的人

你不觉得应该
学会感恩吗?

这么想来，你还
是应该说声"谢
谢"，对不对?

　　我常常想，如果有人专门从事一项教会孩子感恩
的工作，那该有多好。

　　我在这里特别想说的是能够教会那种半大小子懂
得感恩的人。

　　这个人在教导孩子的时候并非心怀厌恶，而是耐

心地告诉他们："这么想来，你还是应该说声'谢谢'，对不对？"以此来及时唤醒孩子们内心对某人的感恩之情。

总之，我希望有一个人能够对孩子们循循善诱，告诉他们："你看，你的妈妈为了你付出了多少努力呀，你要更加懂得感恩才对。"

这些话如果由妈妈自己说出来，孩子们肯定是不会听的。这时候，如果有一个第三方站出来，提醒孩子"难道不应该感谢妈妈吗"，那么效果就会不一样。

工作中也是一样。如果有人能够提醒公司里的老前辈，"那位后生虽然平时话多了点，但工作还是做得很到位的，也帮了不少忙，咱们是不是该好好感谢感谢人家"，那么等这个提醒的人走后，老前辈估计就会破天荒地对那位晚辈表达谢意了。

如果社会中能够出现更多这种中间人的角色，帮助唤醒人们之间的感恩之情，让我们更懂得与人为善，那么我们的社会一定会运行得更加和谐顺畅。

　　这就是我所说的中间人的工作定位。只不过，我也不知道该由谁来给这部分人发工资。

怎么这么别扭啊

当我们发现事情不如想象中那样顺利时，我们需要学会跳出来看问题，从大前提方面去考虑是不是方法不对。这一点非常重要。

孩子们刚开始用筷子的时候都是笨手笨脚的，只要仔细找找原因，我们就会发现是孩子们握筷子的姿势不对。所以，我们经常会听到家长纠正道："手再往上一点，这样才抓得紧。"

孩子用筷子这件事让我发现，在日常生活中，一旦有什么事情进展不顺利，十有八九是方法不对造成的。

如果有人能够及时告诉我们正确的方法，我们或许就不必走那么多弯路了。

怎么这么别扭啊？

恐怕是因为握法不对吧。

你看，我就是这样的人啊

你看，
我就是
这样的人啊。

我又不可能
不要我自己。

我是个爱胡思乱想的人。有时候思虑多得让自己都感到很讨厌，可是转念一想，咳，我本来就是这样的人啊，我又不可能脱离自己的身体和大脑。

　　我对自己说，我又不可能不要我自己。

　　人们总是习惯性地认为，只要换一个环境，情况就会变得更好。殊不知，不管走到哪里，你依然是原来的那个你。单纯地换个环境，并不能像按下重置键一样让一切重来。

　　生而为人，总有万般无奈，有时候我们能做的，也只是尽力适应，通过改变自身来找到生活的乐趣。

　　所以，还是那句大实话：你看，我就是这样的人啊。

远离吸引力太强的东西

对于吸引力太强的东西，
我一向都是敬而远之。

不然，就别想逃离了。

我们身边往往会有一些吸引力很强的东西，比如那些非常有影响力的人、思想和团体，非常有说服力的言论等。人一旦上了年纪，对这些事物的抵抗力就会越来越弱，逐渐难以摆脱它们的影响。一旦靠近吸引力太强的人，就很难从他的"引力圈"里全身而退，这简直太可怕了。

　　老年人如果信了一种新的宗教，往往会沉迷其中，难以自拔。这是因为无论年龄多大，人们都很容易被吸引力强的事物吸引。

　　万一不小心被吸引，并且陷了进去，又没有足够的力量摆脱引力圈的影响，那就只能乖乖地被捕获了。

　　所以，我一直希望大家能够明白一个道理：自身如果没有足够的力量，是无法从那些吸引力中全身而退的。

我年轻的时候，常常为某个人的思想所倾倒，于是在那段时间内拼命看同一个人的书；但过段时间又为其他人所倾倒，然后重蹈覆辙，今天是这个人，明天是那个人……

那时候的我还年轻，思想跳脱，一段时间过后便能摆脱其影响，现在可做不到了。所以，现在我对那些吸引力太强的东西，都敬而远之。

话说回来，在非常吸引人的事物面前沉迷而无法自拔，自然也有沉浸其中的乐趣。然而对我来说，我更怕的是到头来迷失了自己。

那么，在这一过程中，我们要坚守的到底是一个什么样的自己呢？这是一个严肃而重大的问题，还真不好用只言片语来回答。

但可以肯定的是，我们在心底里都会担心，害怕自己一不小心真的迷失了自我。

　　看来，或许很多美好的事物，真的只可远观而不可亵玩。

今天也要打起精神

今天也要打起精神，
用心待客呀！

"那么，今天也要打起精神，用心待客呀！"

"好！"

这是大家在公司早会上加油打气的时候喊的口号。

这句话听起来贴心周到，充满能量，再合适不过了。

我觉得这是我们打工人每天要做的最基本的事了。

奇妙的房间

有这样一个房间，房间的天花板上粘着一把巨大的梳子。这把梳子有多大呢？人们站在它下面刚好可以碰到头顶。

这个梳子所在的房间两侧还连着其他房间。想象一下，早上起床后，你"唰"地从粘着大梳子的房间走过，然后头发就会一步到位地被梳得顺溜无比。

很方便吧！只要从下面走过，晚上睡觉时翘起来的头发就能够直接梳直，简直太棒了。我想要一个这样的房间，不知道谁能帮我建一个呢？

没关系，这样就很好

前面提到了提醒我们感恩的人，这里要说的是"肯定者"。他们会在适当的时候给予我们肯定，告诉我们"这样就很好啊""没关系的""不做也可以哟"。

他们鼓励我们"你很好""就这样做自己"。

认真想一想，其实这些话不正是我们需要的吗？如果有人能够这样站出来做出肯定，不是很好吗？这些话一定可以成为我们前进道路上的精神食粮。

"肯定者"都是这方面的专家，他们肯定别人的诀窍就在于不做无用的肯定，也不过分地骄纵。我希望身边随时都有一位这样的肯定者。

肯定者

这样就很好啊。
没关系的。

不做也可以哟。

平整欲

人类似乎有一种"平整欲"。

从飞机上往下看，我们会发现人们大多聚居在平坦的地区；那些层峦叠嶂的地方，是不住人的。人们总是寻找着平坦开阔的区域，甚至还把高山夷为平地。

就算是沿坡建房，人们也会把斜坡开辟成一层一层平整的土地，然后才在上面建房子。对于这些情景，我们当然都已经司空见惯。但每次从飞机上往下看时，我都会感慨，人类还真是对平整的地方情有独钟啊，这已经融入了我们的基因，所以早就见怪不怪了。

搭帐篷也是如此：必须要找平整的地方。只要有

人们都喜欢平整的地方。

如果不平，
就会马上把它弄平。

一点不平整，我们就会很在意，无论如何都想把它弄平。

　　对其他动物来说，待在哪里都差不多，随遇而安罢了。人类则不然。我们似乎有一种强迫症般的"平整欲"，首先就想要一个平整的场所，我觉得这很有意思。

前面都还放得好好的

"前面都还放得好好的。"

有一次，我在路上听到一位小哥说了这么一句。

虽然只有简单的一句话，其中包含的信息量却非常大。从这句话中，我可以推测出对话的两个人是上下级关系，以及刚才他们之间究竟发生了什么事。想到这些，我便心满意足地从他们身边走了过去。

原来是有一家餐馆倒闭了，需要处理一些沙发和桌椅之类的家什物件。餐馆的人叫了一辆卡车，如果把物品摆放整齐，一辆车就足够了。

当时，负责在路边装车的大概是一名年轻的新人。他的前辈一件一件地从楼上把家具搬下来，猛然间抬头一看车厢，发现东西被放得乱七八糟。面对前辈的侧目，装车的小伙子赶紧解释说："奇怪，前面都还放得好好的。"

嗯，其实这是一段励志故事的开始。

前面都还
放得好好的。

幸福的预期

　　就算没有遇到什么好事，只要有"幸福的预期"，就能勇敢地坚持下去。对此，我深以为然。正如我刚好看见一位老人，他手里拿着一张"大吉"的上上签，满脸乐呵呵的样子。

　　人就是这样，就算在现实生活中没有遇到什么好事，只要抽中了一张大吉的上上签，也会满心喜悦，幸福感爆棚。这是因为大吉的签能够让人产生积极乐观的正面心态，觉得一定有什么好事将要发生，甚至觉得说不定自己明天就能抱得美人归。

　　我觉得人们能否感到幸福，实际上并不取决于他

就算没有遇到什么好事，
只要有"幸福的预期"，
就能勇敢地坚持下去。

们在现实生活中是否幸福，或者欲望是否得到了满足，而是取决于他们心中是否有幸福的预期，是否认为未来可期。

对于实际发生在身边的那些美好的事，我们往往很快就忘了或者厌倦了。虽然未来好事发生的概率是未知的，但也不可一概而论，或许还会发生一些更加令人高兴的事情呢？当然，这一切都没有什么真凭实据，就看你敢不敢想而已。我觉得，所谓的希望就是这么回事。

人类为何要用那么多纸

　　人类啊，你们每次用的纸都太多啦——这句话其实来自一个故事。

　　故事说的是，外星人不远万里，专程来到地球警告人类少用点纸。实际上，我妻子平时用纸就不太节省。而且，她每次用纸巾都要抽两张。

　　对于纸张用多用少，我倒是没有什么意见，因为这是个人的自由。不过话说回来，虽然我不会出言制止，但总会感觉有那么一点不安。后来，我甚至开始担忧，这些恐怖的外星人会不会真的来造访了。

　　我们每天都用掉那么多纸，这些外星人该不是要代替人类来提醒我们吧？似乎，最终我们也只能靠外星人来提醒了。原本这是一件再简单不过的事，我们完全可以自己开口。但是，如果具体针对某个人并指名道姓地说出来，对方肯定会生气，所以我还是希望有人可以站出来告诫全人类。

这个理由听起来好像有点懦弱。

人类啊！

你们每次用的纸
都太多啦！

人生中最重要的事

　　读了美国小说家库尔特·冯内古特的作品后，我发现这个人非常有意思。他曾经说过："我的工作是点评人生，但是我的父亲让我明白了，人生在世最重要的事情其实只有一件。"是什么呢？

　　那就是"不要往耳朵里塞尖东西"。

　　一句非常干脆利落的话，让我深以为然，觉得说得恰到好处。我也试着为自己找了一件人生中最重要的事情。

人生在世，

最重要的事情其实只有一件。

你知道是什么吗？

深思熟虑

志存高远，脚踏实地。

好好咀嚼

"志存高远，脚踏实地，制订目标，深思熟虑。"

我觉得做到这一点非常重要。

为了实现目标而制订的具体实施方案，要尽可能地简便易行才好，这样有利于我们持之以恒，最终达成目标。然而大家在定目标的时候，是不是都定得太高了？

所以，我想说的是，在制订目标前请深思熟虑。

很多成功学书籍里都会提到，如果你想成为一名亿万富翁，那么最好从一个简单易行的小目标开始。不管你是谁，行动前都要经过深思熟虑，这样才能够轻松开启自己的追梦之路。

戴在心上的手套

只要戴上一副手套，我们就可以放心大胆地用手去抓各种东西。从身体的感觉上来说，这是不是有些不一样？

如果徒手抓落叶，手可能会被扎破或弄脏，但戴上手套后就不会有这样的顾虑了。如果戴上两层手套，那么几乎就没有什么不敢"下手"的了。也就是说，当我们因为不用徒手抓东西而感到心安时，整个人都会变得更加轻松愉快。原本打算徒手抓某个东西而有些犹豫，现在有了手套的呵护，难怪我们忍不住要"哇"的一声欢呼雀跃起来。

想找一副手套
戴在心上，
就像手上戴的
手套一样。

真想找一副手套戴在心上，就像手上戴的手套一样。

在生活中，戴上手套的我们能够接触很多东西。

如果我们能为自己的内心套上一个像缓冲垫一样的保护层，不就更容易以放松的心态接触这世间万物了吗？

手套能够带来身体感觉的变化。若是能把这种保护机制用在心理感觉上，我们不就可以用更加轻松的心态来面对难缠的对手了吗？

像植物一样茁壮成长

有时候我会想，如果能够做一株植物该有多好。植物只需要一点水，再加上一点阳光，便能茁壮成长。有时候我羡慕的，其实是这种简单明了的因果关系。

真希望自己就像植物一样，吸收水和阳光，然后便能按照固定的形状成长。

然而，这一切对我们人类来说，只是奢望。

就算外在条件相同，接收到的指令一样，不同的人也可能有完全相异的接收方式，从而采取完全不同的行动。正因如此，最后的结局可能是悲剧，也可能是喜剧。

就像植物一样，

吸收水和阳光，
便能按照固定的
形状成长。

对于植物的这份质朴单纯，这种只要吸收了营养就能按照既定形状成长的模式，我既羡慕，又觉得有些无趣。人类啊，就是这么矛盾。

只根据实际使用需求来清除障碍

大雪过后，人们一般会根据路面的实际使用需求来除雪。这样一来，街道上只有常用的那部分会露出雪下的路面。所以反过来想，剩余的那些被皑皑白雪覆盖的路面，似乎在平时也是可有可无的。

关东很少下雪，要是偶尔下了一场雪，我们就会从大雪过后的景象中看出周边社会的状态。如果某家的主人是年轻人，家门口一早就被打扫得一干二净了。到傍晚还没有动静的，一定是对除雪心有余而力不足的人家。至于孤身一人过日子的老爷爷和老奶奶家，也能通过门前的积雪情况分辨出来。一场雪，可以让我们看到日常生活的另一面。

　　比如，一场雪让我们知道了对面邻居是一户好人家，居然顺带帮我们把门前的雪铲干净了。另外，生命的顽强也在这一刻得到了充分的展示。所以，下雪的日子其实很特别，各种平时看不见的情景都在这一刻纷至沓来，涌入我们的视野。

　　人们只会根据实际使用需求来清除障碍，这一点是不是很有趣？

其实，漫漫人生路上不管有意无意，大家都是在清除一个又一个障碍的过程中前行。我们总是希望遵循最优解，尽量少花一些力气。如果清除的障碍太多，人生岂不是很累？所以我们往往会选择花费更少的力气，并把它用在必要的地方。

　　不过，由于情况因人而异，每个家庭所定义的需求范围并不相同。比如，在除雪这件事上，有车的家庭自然需要多清除一些。

　　生活中，每个人的面前都会横亘着这样那样的障碍，就像门前的积雪。我们就是这样，每天一边铲除人生道路上的"积雪"，一边前行。

　　如果要问一个人——究竟在生活中清除了什么障碍？这个问题还真不容易回答。

平时我们都是下意识地清除这些障碍的，因此到底清除了什么，恐怕连当事人也并不知晓。

我在想，有没有可能让这些障碍也像门前的积雪一样易于辨认呢？

一年了,
我似乎还是没能和他
成为好朋友。

天狗门铃

叮咚

唉,真失望。

没有想象中
好吃。

慵懒懈怠的团队

我们是营利团体。

脸上永远

挂着职业微笑

咔嚓　咔嚓

咔嚓

咔嚓　咔嚓

咔嚓

咔嚓

就给我站在那儿。

不照实写吧，就算把人招进来，估计人家也会很快就辞职走了。照实写吧，压根就不会有人来应聘。

没错，我还是喜欢母乳啊。

写公司简介真是太难了。

毕竟人类是哺乳动物嘛。

睑有点臭

我是"慢半拍天才"，

虽然"快一步天才"更酷……

今天开始
我的
引诱大计！

你说你，

还有什么不
知足的？

只有你是高兴的。

杂务工狗狗

所谓活着的节奏感，

一旦有人发现了真
正的我，我就把他
列入黑名单。

究竟是指什么呢？
是不是就是
那个……

你有什么想不开的?
你有什么想不开的?

恐龙灭绝后有没有出现过"水母时代"呢?由于没有留下化石,谁也不知道。

它们曾经属于非常聪明的物种。

光辉岁月

啊……原……
原来是这样啊……

支支吾吾的时候

嗯……
可……是可以……不过……

天狗时代

拿着&等等

从后面离开.

人生参与奖

一边转身,

一边离开.

061

有事尽管说。
我们是朋友。

从今往后，你吃到的
苹果都是又甜又脆的。

易冷不易热

披着羊皮的羊

现在，我心里最重要的
那块地方，

不想被穿那种 T 恤的
人说三道四。

正虚位以待。

月刊

空欢喜
一场

在大众面前公开

对不起，店长。

扁平物体同好会

虚无的岛屿

被炉和脚凳

不存在的休假

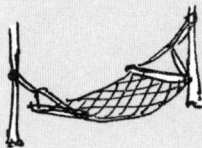

第 2 章

父母和孩子的欲望

限时存在的

我呀，只能活个一百年。

时间都是限定了的!

　　我呀，只能活个一百年。时间都是限定了的!
　　很多人都对限时存在的东西没有什么抵抗力，比如应季的新款商品，或者限时的促销活动。大家之所以会这样，是不是因为人类本身在这个世界上就是限时存在的?

我可以吃一块嗨啾软糖 (HI-CHEW) 吗?

我可以吃一块
嗨啾吗?

我可以吃一块
嗨啾吗?

　　我家的小儿子特别爱吃甜食,有事没事总爱跑到
我面前央求我,让我同意他吃一个小点心。

　　"我可以吃一块嗨啾吗?"
　　"我可以吃一块嗨啾吗?"

他反复央求道。

每次我都回答说："不是刚刚才吃过吗？"但他还是不厌其烦地一次次过来问。

他从来不会自己偷吃，每一次都会来征得我的同意，倒是个有教养的小孩。但每次都要过来问，是有多想被认可啊。反正我觉得挺有意思的，于是把他画了下来。

简单的快乐

只要手上拿着大件的东西，
就会有点兴奋。

人们只要手上拿着大件的东西，就会有点兴奋，尤其是小孩。越小的孩子越是这样，比如拿到了一根长棍子，他们就会开心得哇哇大叫，一边摇摇晃晃地走着，一边为自己拿着一个大家伙而感到乐此不疲。

　　开运动会的时候，学校会要求孩子们从家里带椅子。只是拿着椅子走在上学的路上，他们就已经很开心了。想想也是如此。手上拿着平时不常拿的东西，让人有种莫名的兴奋。

　　两个人一人一边，合力抬起一张大桌子，这样的场景同样很有趣。一边你一言我一语地喊着"欸，慢点，慢点……""啊，抬不动了，放一下，放一下"，一边齐心协力，那感觉真好。虽然有些事情自己一个人也能做，但有时候会希望能有人一起分担。

　　铺床单也是如此，两个人一起铺就会方便很多。

在搬运大件物品的时候，如果能有人来帮忙，我的心情也会变得很好，有一种简单的快乐和满足！

先不说那些情情爱爱的，想想铺床单的时候身边有个帮手，我就会觉得两个人一起生活挺好的。夫妻俩数十年如一日地长相厮守，也不需要太多的理由，或许有人一起铺席子、铺床单这一条就足够了。

既然我们人类会这样想，那么挽回爱情的方法其实也不是没有。哎呀，话扯远了。

狗狗都是公的，猫咪都是母的？

我还以为狗狗都是公的，
猫咪都是母的。

小儿子有一次问我："爸爸，狗狗也有母的吗？"

"那当然咯。"

"还真有啊！"

我觉得很奇怪，问他："啊？什么叫还真有啊？"

"我还以为狗狗都是公的，猫咪都是母的。"说完，他一副恍然大悟的样子。后来，我身边的编辑朋友告诉我，他小时候也是这么认为的。

看来，这么想的小朋友还不少。我知道他们是错的，但我能理解他们的想法。

你呢？

伊斯坎达尔

　　这个词，没到我这个年龄还真不容易理解。

　　嗯，我只是突然想到它罢了。这种"那又怎么样"的感觉，非常适合用插画记录的"随意一笔"，其中都是小插画的妙趣。

　　这个词说的就是那首"前往伊斯坎达尔星"的歌。

伊斯坎达尔

（在咬椅子）

这有什么好玩的?

这有什么好玩的?

我说的是孩子们喜欢玩的沙池。

每次带孩子到公园里玩,他们都会不厌其烦地把沙池里的沙子堆成小山,然后把山顶拍成一块平地。他们玩得不亦乐乎,似乎可以一直玩到天荒地老。

看孩子们玩耍的时候，我常常惊讶于他们这种执着的乐趣：这有什么好玩的？喜欢沙子可以理解，但一把沙子玩上那么久，我可做不到。我觉得孩子们真是厉害，就像对糖果的喜爱一样，仅仅是一堆沙子，他们竟然玩了半个多小时也不会感到无聊。

　　孩子们，你们的小心灵可真容易满足。从某种程度上而言，我好羡慕你们。

一个还是两个？

还是我们家小儿子的故事。

有一天他问："咦，妈妈明明有两个乳房，穿上衣服后怎么就变成一个了呢？"

听了他的问题，我也颇有同感。

虽然妈妈实际上有两个乳房，然而一穿上衣服，就变成一团了，看起来真的有些不可思议。

估计在衣服里挤成一堆了吧？这样的疑问，听起来还蛮新奇的。

咦，妈妈明明有两个……穿上衣服后怎么就变成一个了呢？

抓住一条尾巴

"吱吱吱吱。"只要轻轻地拉一下，你就能看清楚拥有这条尾巴的动物究竟长什么样子。但如果你乱扯一通，搞不好就把尾巴给扯断了。

这有点像绘本中的情景吧？我觉得把它放在绘本的开头应该还不错。尽管，我还只是画了个开头。

如果仔细观察，你就会发现这个世界上很多地方、很多事情都是有迹可循的，都向外界露出了一截"尾巴"。我平时画了很多速写，其实也是在做这种观察。带着好奇心去探索，你就会发现很多有趣的事情和这

轻轻地拉一下，

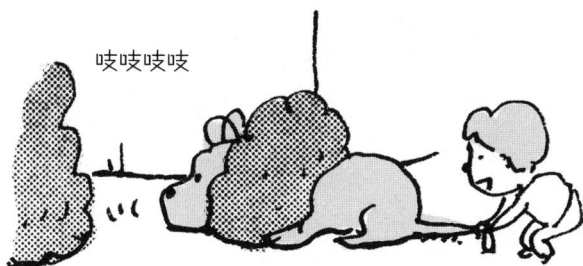

吱吱吱吱

你就能看清楚拥有这条尾
巴的动物究竟长什么样子。

个世界的许多秘密——它们就藏在围墙的间隙里，藏在白衬衫的衣角里……

　　如果将这些线索乱扯一通，线索之间的联结可能会被扯断，那你所看到的东西也就到此为止了。如果事先认真地思索一番，再抽丝剥茧地去剖析，比如想一想"面前这个人为什么穿了这么一身衣服""为什么那个人会觉得自己后脑勺的头发长短正合适呢"之类的，这些就能够成为你创意的火花。

如果你乱扯一通，搞不
好就把尾巴给扯断了。

啪——

如果仔细观察，你就会发现这个世界上很多地方、很多事情都是有迹可循的。

为什么不管说过多少次，这孩子还总是丢三落四的——生活中类似的细微之处必定隐藏着一个孩子独特的个性，以及世界的秘密或者人类的某种习惯。所以，我想抓住这些现象的"尾巴"，一条一条往外拉，去发现更多的线索。

　　我们可能会发现某条线索原来藏在了这里，或者发现踩到了哪条尾巴可以令对方勃然大怒，等等。如果能够把这些线索全部收集起来，那一定非常有趣。如果大家能一起来收集这方面的素材，然后把它们编成一本图鉴来欣赏，那该有多好啊。

　　线索的另一头说不定就藏着人生的密码，比如获得幸福的方法、忘掉烦恼的方法等等。

　　如果对其置之不理，我们会看到，它们表面上不过是一条条线索而已。但实际上，这些线索是一个巨大整体的一部分。那么，面对这些线索，我们究竟可以从中获得什么样的信息呢？

这些线索是我们小心翼翼地挖出来的，能从中读出什么取决于我们自身的判断力，以及投入的精力等因素。不过，随着经验的累积，我们会越来越驾轻就熟，到时候就会发现，我们对线索背后的东西会时而感到欢欣喜悦，时而感到愤恨难解。

至于如何探寻线索，完全取决于你自己，你可以随时开始，也可以随时结束。这会让你发现一些意想不到的趣事，也算是一种治愈心灵的快乐吧。

就要喝香蕉汁

这次倒不是我家的孩子，而是有一次我在一家店里看见的一个孩子。孩子缠着他的妈妈，软磨硬泡，吵着要喝饮料。孩子的妈妈生气地说："刚刚不是才喝过，现在又要喝，回头把你肚子撑破了！"

孩子还是哭闹着说："就算撑破肚子，就算死，我也要喝香蕉汁！"

孩子的话让人感受到了他在坚持自我时的决绝。当然了，人嘛，一般都是立场不同、观点各异。因为是别人家的孩子，我可能会说既然这么想要，给他喝就是了；但如果是自己家的孩子，我是绝对不会同意的。

就算撑破肚子，就算死，
我也要喝香蕉汁！

记得的，忘记的

生活中，我们会遇到各种各样的"那一日"，也会有各种各样的事情让我们魂牵梦绕。对于那些事情，就算难以忘怀，我也希望自己能够装作已然忘记的样子。有一些瞬间，我真的会这样想。

那些非常重要的事情，平时反而容易忘记，但我希望自己至少能够做到似乎还记得一二的样子。

或许很多人都有这样的感觉：一不小心就把那些不该忘记的事、那些开心的事抛到了九霄云外，而那些无关紧要的无聊小事或烦恼反倒一直都记着。这就是所谓的记忆不由人吧。

对于"那一日"的纷纷扰扰，
我希望自己能够若无其事地装
作已经忘得一干二净。

对于"那一日"的纷纷扰扰，我希望自己能够若无其事地装作已经忘得一干二净。而对于另一些重要的事，我希望自己能够若无其事地装作记忆犹新。

心平气和

　　带过孩子的人想必都有这样的经历：当孩子说"我要摸那个东西"的时候，如果大人回答"不行，绝对不行"，那么孩子一定会哇哇大哭，闹个不停，但只要让他摸一下，孩子马上就安静了。

　　同理，在照顾痴呆症患者的时候，我们首先要做到的就是倾听对方的每一个要求。对于他们想做的事情，我们就让他们去做，然后再让对方做你想让他们做的事情。这是大原则。

　　这个世界，有时候不是光凭对错来办事的。

　　最重要的问题不是对错，而是对方是否心平气和。

　　也就是说，如果不首先解决让对方心平气和的问题，

不是对错的问题，而是
能否"心平气和"的问题。

发了一堆牢骚后，
我总算气顺了。

只要让他摸一下，
他立马就安静了。

后果就会难以预料。这一点，在夫妻之间也同样适用。

有时候，我斩钉截铁地告诉妻子这样做绝对会碰壁，但她就是不听。然后，果然如我所料，事情失败了。她这才服输。妻子却很淡定地说，别人告诉自己不行和自己主动放弃是两回事。在她的心里，压根就没有让别人来为自己做决定的选项。虽然事情发展到最后，她经常不得不按照我的建议去做，但在此之前，如果没有按照自己的想法碰一次壁，她是不会甘心的。在她的脑中，压根就没有"我早就跟你说过"这样的话。

牢骚太多有时候难免令人心烦，但如果听话听不到最后，到头来反倒容易误事。所以，千万不能用"我现在很忙，请长话短说"这样的话来敷衍塞责。

我花了十年的时间才真正弄明白这一点。

总而言之，问题的关键在于考虑到对方是否是心平气和的？如果对方气还不顺，则不可能听我们的话，自然也做不成我们想让他们做的事情。所以要把对方是否心平气和这件事放在头等重要的位置,这是我们的意见得以贯彻,并让事情朝着我们期待的方向发展的关键。

如果把事情的对错摆在最前面,则万事难矣。我觉得不仅夫妻之间如此,任何人之间都是如此。

比如在职场上遇到了想一出是一出的上司,只要下属能够认真地附和对方,说一句"哇,这个点子也相当不错啊",那么上司听着就会心情愉悦。这时上司的回应便不会强人所难,多半会主动说:"那我们下次再试试看?这次恐怕排不出预算来了。"

说了这么多,我就是想强调对方是否心平气和这件事情的重要性。其实自己心平气和也同样重要。也就是说,一旦遇到问题,我们怎样做才能顺利解决?睡一觉就够了,还是要道个歉才能释然?不管是哪种平复自身心情的方法,只要有效,就去做吧。

我裂成了两半

有一次，我裂成了两半。

就是这幅画，我一直很喜欢。

这似乎是一幅非常有故事的画。如果哪本绘本的封面上有这幅画，我一定要一睹为快。同时我会展开想象，比如："你看，这不是结结实实地缝好了吗？""太好了，终于接上了"……

　　想到这些便足以让我乐在其中，开心上一阵子了。

　　这类大概会出现在绘本封面上的插画，其实并不少见。

穿这条吧

有一次，小儿子把裤子弄脏了，妻子叫我帮他换条干净的裤子，于是我就帮他挑选了一条。

我拿着裤子对他说："穿这条吧。"没想到他一副很吃惊的样子，反问道："啊？妈妈说让穿这条的吗？"

真是太扎心了，这小子竟然对我毫无信任感。同样身为他的监护人，我的地位是有多低！

不过，从儿子的角度考虑，如果不闻不问地直接穿上我拿的裤子，万一回头妈妈嫌弃地说"咦，怎么穿了这条裤子"，那他还得再换一条，岂不是更麻烦！

穿这条吧。

啊？

妈妈说让穿这条的吗？

所以，首先要问清楚这条裤子到底是谁挑选的。如果是妈妈挑的，就穿！如果是爸爸挑的，那还是先不要穿比较好！

　　也就是说，在这个问题上，爸爸做不了主。不过话说回来，在日常生活中，爸爸的确总是拿错东西。想必儿子也没少看到因为我拿错东西而被妈妈埋怨的事情，比如明明是炎热的夏天，我却拿了件长袖衣服之类的。而我呢，被他一问，顿时心里也没底了。这感觉，就像恨不得说"啊，请稍等片刻，我再去跟老板请示一下"一样。

帮我吹个气球

有一次，小儿子走进房间，
让我帮他吹气球。
这真是一件幸福的事啊！

有一次，小儿子走进房间，让我帮他吹气球。这真是一件幸福的事啊！

　　那个瞬间让我的心情特别放松。当时我正在工作室里忙着，忽然"吱呀"一声，门被打开了。我还以为是谁有什么事呢，没想到小儿子说"帮我吹个气球"，然后就从口袋里掏出一个气球递给我。那时候他还小，大概也就五岁吧，自己吹不起来，需要大人帮忙。

　　那时候，他还需要他的爸爸。直到有一天，他能够自己吹起气球来，也就不需要爸爸了。

　　我想，对父母而言，这种还能被孩子依赖的时刻，真的是最幸福的时刻。

大人也有大人的快乐

想成为一个善于说善
意谎言的大人。

做大人很好哟。
有很多很多有意思的
事情哟。
嗯……虽然，
现在我一下子也想不
出来什么。

曾几何时，我非常讨厌长大。那时候我总觉得，做大人好难、好辛苦，希望自己永远都长不大。

　　然而，我想对像小时候的我一样惧怕长大的孩子们说，"不是那样的，大人也有很多大人的快乐哟""长大后，你们可以买很多自己喜欢的东西呢"，等等。我还想对他们说："大人的确有大人的不易，但是孩子们也有很多属于他们的烦恼啊。在烦恼面前，大人和孩子其实都是一样的。"

　　所以，我希望孩子们能够在善意谎言和冷酷现实交织的磨砺中，始终对成长充满渴望。

　　我想，如果能够通过善意的谎言，将那些冷酷的现实道理，用生动有趣的方式告诉孩子们，那么他们对成长、对世界的看法就会大不一样吧。

有一点还不错

小孩子有一点还不错。那就是，不管他们身上搞得多脏，都能整个拎去洗得干干净净。

也就是说，就算身体被弄得再脏、再脏，也能整个洗干净！

头发也是如此，就算不用吹风机，也能很快就干了。衣服也是如此，就算被弄得满是泥污，也基本上都能洗干净。

虽然每一位家长都在烦恼"带娃"这个最恐怖的阶段到底何时才是个头，但有一点还不错，那就是可以把孩子整个拎去洗干净。这感觉就像每天都能重置一般，把弄脏的娃变回一个全新的、干净的娃。

孩子，可以整个洗。

就算身体被弄得再脏、
再脏，

也能整个洗干净！

你看，

这是跳绳的新方法。

妈妈，我的屁股
上破了一个洞。

我家宝贝
真是个乖宝贝。

仅限睡觉的时候。

唉……

妈妈,
别急,
别急。

107

你看，可以拉得这么长。

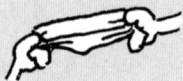

走到哪儿都能吃零食。

真想做这样的人。

哇——

松鼠
妈妈

啊!
好舒服!

下来吗?

不下来。

盘子!
放盘子上!

放盘子上吃!

只能一遍又一遍地说吗?

只能一遍又一遍地说咯。

啾啾——

对不起。

对不几（对不起）。

111

是啊——

"嘿哈"期（爱打架的童年时期）

嘿哈　　嘿哈

112

如果有人打招呼说：
"哟，你长大了呢！"

你知不知道这时我们
该怎么回答才好啊？

我也喜欢那个。

一根腊肠扎着一块
头巾，好像在干活
一样。（小儿子做
的梦。）

113

第 3 章　从早到晚的欲望

以下内容需要温柔以待

我希望所有网页的入口都会有这句话：

只有温柔的人，才能观看以下内容。你是一个温柔的人吗？

最近我在想，如果能像确认"你是否年满十八周岁"一样，在进入所有网页之前先确认自己是否是个温柔的人，或许人们就不会在网页上看到那些言语暴力了吧。如果进入页面的访客都事先理解了规则并达成某种共识，那么网上一定会是另外一种气氛。

我很胆小，总是害怕被人横加指责。

"如果你不是一个温柔的人，就不要往下看了""不

你是一个

温柔的人吗？

是　否

只有温柔的人，

才能观看以下内容。

懂欣赏的人请绕道""仅限有理解能力的读者"……
对于自己的作品，我也会想方设法找一些这样的借口。

　　也就是说，如果到时候还有人出言不逊，我至少
可以理直气壮地反击一下：你不是已经勾选了"是"
选项吗？怎么还有这么多抱怨，难道是在提交申请的
时候撒谎了？

　　这便是我这个胆小鬼的奇思妙想。

两种错误

错误分为两种：

需要改正的错误

和不改正也可以的错误。

错误分为两种：需要改正的错误和不改正也可以的错误。

以这句话开头，让人感觉似乎又要出现金句了。

生活中有很多歪打正着的事情，比如缺陷美啦，"错"也是一种个性啦，所以是否也存在那种不改正也可以的错误？

也就是说，当你意识到一个错误无法改正时，那就只好将其转化为自己的魅力值了。这时候，不改正反而能凸显自己的风格。

那么问题来了，到底由谁来决定一个错误要不要改正呢？

这世界上本来就没有永远正确的人，只要是人，或多或少都会犯错。

难就难在，有些错误需要改正，有些不需要改正，还有些我们想改也改不掉。

　　其中的区别，也只有当我们长大成人之后，才能够慢慢体会。

好想逃

"唉，好烦呀！离开这里！离开这里！真想马上就离开这里！"这是我情绪快要崩溃时的心理活动。

特别是在家办公的时候，我很容易心情烦闷。每当这时，我便尽可能地让自己到户外散散步，骑骑自行车，换个环境改变一下心情。

我们的身体其实是一个特别单纯的系统，只要周围的环境一变，身体接触到其他信息，心情便很容易得到转换。这早已不是什么新鲜的理论了。

身在职场的人，想逃走却没那么简单，所以一定

唉，好烦呀！
离开这里！

离开这里！
真想马上
就离开这里！

要想方设法转换心情，让自己从那种心绪的泥淖中抽出身来——不管是物理上还是精神上的逃离。这一点真的非常重要。

虽败犹荣

做到什么程度，

才算虽败犹荣？

我从小就担心自己在日常生活中做错事，惹大人生气。

时至今日，我仍然每天都在反省自己做的事情是否会惹人生气，或者遭人责备，然而归根到底，我只是害怕失败罢了。

不过，这似乎是大人和孩子都会遇到的问题。

所以，我想对我的孩子和身边有同样问题的朋友说：失败没什么大不了的。我也希望从他们那里得到这样的慰藉。

如果公司的负责人在给我们加油打气，告诉我们"如果害怕失败则将一事无成，只管放下包袱去做就是了"的同时，能够明确地说出做到什么程度才算虽败犹荣，那该有多好。

在这种情况下，我一定能够勇气倍增，放下心中的顾虑。

"只要做到这种程度，即使失败了也不会被责怪，放手去做就是了"——实际上，在准备做一件事情之前，营造一份这样的氛围比什么都重要。

被需要的一部分

只要你的一部分，

而不是全部。

只要你的一部分，而不是全部。

这可不是什么不好的话。

用工作来打个比方，我们想从插画师那里得到的

是插画，而不是插画师本人。

在上面那幅画里，当我们吃金枪鱼的时候，我们

想吃的并不是鱼头，而是它身体上最好的那块肉。

通常在吃一条大鱼时，没有人会把一整条鱼全部吃光的，人们只会吃他们最想吃的某个部分。这一切听上去理所当然，但是如果换一个场合说，听起来就不太顺耳，人类的语言真是神奇。

恋爱也是如此。一对情侣刚在一起的时候，其实也并非需要对方的全部。但是随着深入交往，彼此需要的范围也会逐步扩大。虽然交往之初，双方只需要对方的一部分，但后来慢慢发现彼此的其他部分也越来越合拍，最终便走向了婚姻的殿堂。

摄影师拍摄的照片，在正式发布之前都要经过一番裁剪。这一过程就是为了留下最想要的部分，而把多余的部分剪掉。

我曾经想过，和某个人相识，交往，然后结婚，共度漫长的人生，其实不正像裁剪照片一样，是一个将裁剪框不断扩大的过程吗？

想当年，妻子提出要和我交往的时候，我并没有那么喜欢她，但是我感觉到在未来的日子里，喜欢她的方面一定会越来越多（裁剪框的范围会越来越大）。虽然眼下我只看到了她身上非常有限的一部分，但是随着裁剪框慢慢变大，有朝一日一定可以接受并喜欢她的全部。我对她说眼下看到的范围还比较小，但实际上那时候的范围小到一丁点都没有。（笑）

在职场中也是这样，总有人希望能和同事们全身心投入地交往。

本来大家只需要工作上的往来就好，工作之外烂醉如泥也好，嗜赌成性也罢，都不碍事，只要大家合作愉快就好，不是吗？但有时候偏偏有人想要全身心投入地交往。结果却令人大失所望，甚至引发彼此之间的嫌隙和争吵。

所以，能否从一开始就彼此尊重某种交往规则就显得极为重要。

不管是谁，其实都只有一部分是被人需要的。虽然这部分具体是什么因人而异，可以是颜值、身体或智慧等，但就算只有一部分被需要，也是一种幸福吧。何况我们还可以想得更乐观一点：随着时间的推移，今后自己被需要的部分可能会越来越大。

那么，"只要你的一部分，而不是全部"这句话又该如何理解呢？其实我们可以这样想："我并非否定你的全部，而是当下只需要你的一部分。"所以任何人都不要不分青红皂白地对听到的句子妄下结论。

　　或许有很多人在为人处世的过程中忽略了这个大前提。但当有人对我说"只要一部分就可以"时，我会想"即使只有一部分被需要，有人需要自己也是一种幸福"。

　　想吃金枪鱼的人，其实想要的只是金枪鱼身上最美味的部分，而不是鱼头或者鱼尾。认识到这一点是非常重要的。

死亡这件事

所有的死，都很难恰逢其时。

有人会说："还真是这样。"有人会说："这世界上并没有不早不晚、恰逢其时的死。"有人会说："死亡这件事，基本上不是太早，就是太迟。"还有人会说："我不想等到遭人嫌弃了再死。"

无论怎么说，都会有人听了觉得很气愤。然而问题是，我们并不能想怎么活就怎么活，想怎么死就怎么死，也不能决定自己什么时候生，什么时候死。

所有的死，

都很难恰逢其时。

请你喜欢我一点点

因为超级喜欢也可能变成非常讨厌，所以喜欢我一点点就好了。

可以说，这是人类的一个弱点。在交往中，一点点喜欢反而是能够让彼此留在身边的长久之道。如果两个人仓促地结婚，难免会有离婚的风险和各种后续问题，反而更恐怖。虽然这样说听起来很没有勇气，但是谁都会有这样的担忧吧。

超级喜欢一个人，其实还会产生一个隐忧，那就是这份喜欢可能导致事与愿违，让事情朝着相反的方向发展。喜欢的程度越深，被喜欢的那一方反而会越发觉得心里不安。

　　就像艺术家一样，一旦创作出代表其最高成就的杰作，他们就会产生一种"使命告一段落"的感觉。更不用说，能够拿出代表作的艺术家已是凤毛麟角，就算要成为一名昙花一现的"短命"艺术家也并非易事。越是大艺术家，就可能有越多的人仅仅因为你是大艺术家而对你心生反感。

因为超级喜欢也可能变成非常讨厌，

所以喜欢我一点点就好了。

所以我还是认为，不管怎样，如果能让他人对自己始终保持适度的喜欢，反而能获得更长久的支持。

　　如果从商业的角度来类比，点心铺子里的商品是点心，那么艺人的商品就是他们自己。靠贩卖"商品"为生的人，他们的任务就是让大家"喜欢"自己的商品。所以，不只恋爱如此，几乎所有世间的事物都"希望有人喜欢"。

　　我似乎能够理解为什么大家都非常推崇商品中的"基本款"了。

迷迷和糊糊

什么都马马虎虎　　　　　记忆迷迷糊糊

马马和虎虎　　　　　　　迷迷和糊糊

最近，我喜欢上了这句话："迷迷和糊糊的记忆迷迷糊糊。"

是不是很可爱？

她们看起来有点像绘本里的人物：迷迷和糊糊——两个人的记忆都迷迷糊糊的。

迷迷和糊糊有两个爷爷，分别叫马马和虎虎。

不过我在这里想说的是，那些不顺心的事，马马虎虎过得去就行了。

你给我想想看

思考这件事情是强求不来的，

因为，一个人只有自己想思考，

才能真正思考。

由于绘本的受众是孩子，其内容大多需要启迪孩子们的思考，或者锻炼孩子们的想象力。

然而，试图去强迫一个人想什么，这种粗暴的做法根本行不通，因为思考是人类的一种自主能力。如果当事人自己的头脑中没有那根弦，别人说再多也是徒劳。

所以，这件事究竟像什么呢？我觉得就像放屁一样。

放屁这件事，不是别人叫你放，你就能"噗"的一声放出来的。反之，当你想放屁的时候，即使别人叫你不要放，也还是会放出来的。

思考，或者展开某种想象，实际上是人体的一种生理活动，并不是高声朗读一两本绘本便能够简单触发的。哦，对了，这就和放屁是一个道理。

反过来说，有时候你不想思考脑子里却不停地胡思乱想，这种情况和不想放屁却仍然放出来了是一个道理。也就是说，"让人好好思考"和"让屁更容易放出来"似乎有异曲同工之妙。

从这一点来看，就像为了放好屁就要注重饮食一样，从不同的角度进行判断对思考而言也尤为重要。为了放好屁，我们需要生活规律，没人的时候可以尽情释放，而在有人的场合便要适当地控制。

我曾经想过，是不是可以用与放屁非常相似的方法来进行思考呢？

没有选我，你会……

　　总有一天，你会后悔没有选我。对，就是这样——
这是一只狗说的，不是我。（笑）

　　我一般很少画狗，偶尔在画一些和平时完全不一样
的对象时，会有一种很想远离它们的感觉。在画这幅画
的时候，我应该是怀着一种在某件事情上未被选择的愤
怒吧。

　　越是在这种时候，我越想画一些可爱的事物，感觉
可以通过它们的可爱，多少平复一下自己的心情。

总有一天，你会后悔没有选我。对，
就是这样。

肯定欲

想要被表扬

↓

不想被斥责

想要被肯定

↓

想要否定别人

如果不能肯定自己，
至少也要否定一下别人。

我觉得世界上有一种欲望叫"肯定欲"。

如今，社会上似乎盛行着一股风气，那就是如果不能肯定自己，至少也要否定一下别人。比如，当自己没有什么可以炫耀的时候，就想着攻击那些违背自己心中所认定的正义标准的人，以图一时之快。

"想要被肯定"的心态源于人内心的欲望，但是这种欲望又往往很难得到满足。

正因为如此，大家拼命地想知道，如何才能得到一句像"真好"这样的肯定，如何才能得到别人的赞美，如何才能受到大家的欢迎。然而，当理想很丰满，现实很骨感时，人的内心就很容易退而求其次：既然如此，不如否定别人吧。

按理说，既然自己无法得到赞美，那反过来可以选择赞美别人呀，然而现实中这么做的人寥寥无几。

真是不可思议！

想得到别人的肯定，这种心情可以理解，因为大家都会这么想。但问题在于，当求而不得时，为什么要通过否定他人来满足自己的这种欲望呢？

在某种意义上我也能理解这种心态，但我还是觉得很不可思议。

类似的事情还有很多。

想看到兴高采烈的笑脸与不想看到发怒的臭脸这两种想法，大家不觉得它们在本质上是一样的吗？为了寻求自身内心的平静或者避免惹怒对方，我们通常会选择避开。虽然这两种想法完全不同，所追求的结果却是一样的。

我小时候就曾经在两种心情的交织中成长，既想得到妈妈的表扬，又不想让妈妈生气。尽管实际上我

与其说想看到兴高采烈的笑脸，

不如说只是不想看到一张发
怒的臭脸罢了。

的妈妈一点也不可怕。

　　其实是想得到表扬的心情，变成了不想让人生气的心情。最初的心情是想要得到肯定，最后却变成了不想被否定。或许正是在此基础上更进一步，我们才产生了否定别人的想法。

　　因此，虽然从表面上看"被表扬"和"不被斥责"是两件完全不同的事，但其实它们都出自同一种内心活动。这其中的奥妙，想来还真是觉得有趣。

憧憬的生活

北欧的人们
憧憬的是
怎样的生活呢?

北欧的人们憧憬的是怎样的生活呢？

为了满足一些人对北欧生活的好奇和向往，杂志和网站等媒体会专门做一些关于瑞典等北欧国家的专栏。我不禁好奇，作为大家羡慕的对象，北欧的人们又在憧憬着怎样的生活呢？

这就好比，我们很想知道按摩师们平时会接受谁的按摩呢？

或者，这个世界上一直都存在一些不知"憧憬"为何物的人。

这便催生出另一个新问题：如果真的存在这种人，我是不是可以和他（她）做朋友呢？

工作是一种爱

工作是一种爱。

爱是一种工作。

"工作是一种爱"，这样说听上去还有些道理。但如果说"爱是一种工作"，可能就要被人打了。由此可见，我们的语言中存在着一些不可轻视的要点。

　　带着爱去工作——这句话虽然听起来充满了浓厚的资本家味道，但这样说也没什么问题。如果反过来说"爱其实就像一份工作"，则立刻会让人心头火起。

　　有些话可以反着说，另一些就不行了。

　　在人类的语言中，很多地方是不能用来调侃取乐的。不过，语言本身就具有一种模糊性，因此我们可以努力运用这种模糊性，让原本看起来严肃的事情变得有趣起来。

话虽如此

呃，话虽如此，
但……

"呃，话虽如此，但……"

会这么说的人，基本上就是处于一种毫无想法的状态。

内心愁苦的人，画出来的画也是愁苦的。如此一来，画画倒也不失为一种排遣。

我建议大家也可以试试这个方法。

不想知道的事情

对于不想知道的事情，我可以继续装聋作哑吗？

我这个人，内心比较脆弱，所以一般不会看战事记录这类的文章。虽然我们今天的美好生活是在战火中奋勇抗争的前辈们一手创造的，但那些文字实在太过沉重，每次都会让我陷入悲伤而不忍卒读。

但我又总是忍不住问自己：不去关注并了解前辈们的事迹，这样是不是不太好？可我真的无法让自己每天陷入那么沉重的世界中，所以总是心怀愧疚：像我这样一个没有精神承受力的人，到底应该怎么做才好呢？

我不禁开始思考：如果世界上真的存在一些我们

对于不想知道的事情，

我可以继续装聋作哑吗？

必须知道的事情，那么那些一直想逃避的人该怎么办呢？他们会不会受到惩罚？

事实上我也知道，应该在了解那些事后，让自己变得更加通透，或者为自己提出更积极的建议。

我每天都过着悠闲幸福的生活，而那些战争的受害者呢？他们明明没有任何过错，却无法像我们一样微笑度日。

　　有时候我会想，应该如何对待那些曾经深陷我们从未体会过的遭遇的人，但我终究还是不敢面对他们。对于他们，我一直有一种负罪感，也对自己的视而不见感到惭愧。

　　不过最近，我悟出一个道理，很多事正因为我们不知道，反而才能做得到。既然如此，何不努力做好这些只有不知方能做好的事情呢？

　　此前，我画过一些与痴呆症患者有关的插画，但总是画不好。我有一个身患痴呆症的亲戚，而我也亲眼见过他所经历的痛苦。正因如此，这些经历成了我的绊脚石，让我无法在工作中提出"积极建议"。

　　我也写过一些关于死亡的书，或许正因为我从未经历过这一巨大的痛苦，所以才能完全以一种局外人的心态提出建议。

也就是说，如果你曾因为某件事而伤透了脑筋，那么这种经验可能就会在你从事相关工作的时候不断提醒你"真相远不止这么简单"，这反而会成为一种阻力，让你想要退缩。如此一来，你就不敢放下所有包袱来提出建议了。

可见，人并非经历得越多越好。

因为不知道，所以人们可以放下包袱，提出一些建议。实际上，真的有一些局内之人因为这种毫无包袱的提议而得到了拯救。反之，当人们自己也成了局内之人，经历了其中的酸甜苦辣后，反而提不出任何真知灼见了。

毋庸讳言，当我们做一件事的时候，各种前期准备还是很重要的，但通常只有经历过才知道如何应对。

但同样的道理，有时候我们却因为经历过才不知道如何应对了，特别是在做一些需要创意或者要用幽默来化解尴尬的事时，这些经历储备反而成了束手束脚的桎梏。

所以，从这个意义上来说，不知道有时候反而是件好事——这也可以算是我的一个经验之谈吧。

不过，归根结底，万事都离不开一个"度"字，最重要的是"不伤害到任何人"，以上内容，还是要具体情况具体分析。

我的兴奋，你别走

我的兴奋，
　　你别走；

我的兴奋，
　　你快回来，
　　　　你要一直陪在我身边。

我的兴奋，你别走——这是我最近的一大感慨。

我的兴奋，你快回来，你要一直陪在我身边。

随着年龄的增长，我切身地感受到肉体上的兴奋是越来越少有了。

曾经那些会让自己心跳加快、紧张兴奋的事情，已然无法再激起内心的波澜。期待兴奋和惊喜的内心，已经随着年龄的增长归于平复。这一切，太可怕了！

引力弹弓效应

好想成为一个可以
反复利用引力弹弓
效应的人。

好想利用别人
的引力飞得远
远的……

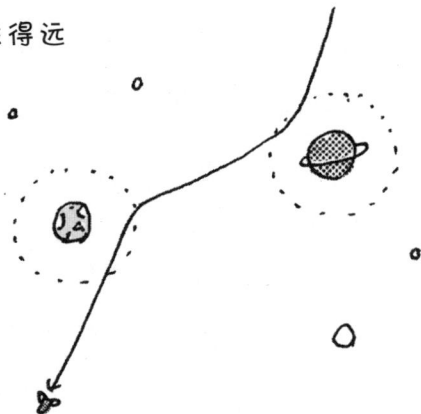

你知道什么是引力弹弓效应吗?

太空探测器等设备在飞向遥远的太空时，会利用月球或行星的引力来加速。探测器首先会受到它们的引力场牵引，然后在即将进入撞击轨道的瞬间加速掠过，从而使自己的飞行速度越来越快，这就是引力弹弓效应。我在想，如果在人生旅途中也能利用这种引力弹弓效应就完美了——不过这一切都有点自说自话。

我的意思是，比如我们身边有各种引力场很强的人，他们拥有非常强大的思考能力，但我们不要被他们的引力场捕获而变得失去自我，无路可走，而要充分利用这种引力来加速自己的人生，这样岂不是很好?

在这个过程中，我希望自己不要迷失人生的方向，不为强人的引力所惑，而是能够把其中的影响力转化为自己前进的动力。不过，正如现实中的引力弹弓效应，一旦飞行器靠近行星的角度差之毫厘，结果也将谬以千里，"借助他人之力"的难度较之优势也实在是不遑多让。

最不希望明天到来的日子

如题，迄今为止，你最不希望明天到来的日子，是哪一天？我们一起来讨论一下这个话题吧。

我想，每个人应该都有过这样的经历：真希望明天不要到来。即便如此，明天还是会如期而至。所以在我们这一生中，既有令人期待的明天，也有令人抗拒的明天。但无论如何，明天之后，还有后天。

对于这个讨论主题，想必既会有人面露厌恶之色，也会有人马上站出来应和道"来来来，你们听我说啊……"，我想大家一定会有各种各样的答案！

那么，我自己会是哪一类人呢？想到这一点，我的心猛地提了起来，就像到了截止日前一天的那种感觉。

迄今为止，

　你最不希望

　　明天到来的日子，

　　是哪一天？

我在读大学的时候，曾经创作过一件立体作品。毕业前夕，我把这件作品给很多人看，结果竟意外接到了电视台的电话，问我要不要去参加一档叫作《人人都能成为毕加索》的节目。这是一档老节目，由北野武担任主持人，很多艺术家会在节目上展示并介绍自己的作品。

　　"啊？"接到电话的我喜出望外。但是录制节目那天正好赶上了我新单位的入职日，而我是无论如何都要去公司报到的。这件事着实让我烦恼了好一阵子，虽然两边我都暂且没有把话说死，但最后一夜终究还是来了——明天之内必须做出最后决定并回复对方。

　　那一夜真的非常折磨人。我多么希望今后能做自己喜欢的事情，然而，虽然我知道自己的作品有人喜欢，但是上了电视后是否真能靠这个技能谋生，我心里也是没底。那个晚上我左思右想，一方面觉得不上电视试一试就不可能知道最终结果如何，另一方面又觉得刚进入社会还是先到企业里历练一番更为稳妥。

第二天，我最终还是选择了参加公司的入职仪式。入职仪式上，我们不厌其烦地练习着"谢谢您"等各种待客礼仪，其间我无意中抬头看了一眼时钟，发现正好到了电视节目的录制时间。我一边纠结地想自己今天的抉择到底是不是对的，一边和上百名新职员一起，用同一种标准练习着"实在抱歉"等商务辞令。

人生几度春秋！当日做出选择的我如今却写出了这本书，果真是世事难料。如果当时我选择不参加入职仪式而是前往电视台录节目，谁又能料定今日会是怎样一番景象呢？但无论如何，如今的我正坐在这里，写着这本书，这一切让我深感满足和快乐。

虽然那一夜，我并不知道未来会怎样，但是希望"明天"永远都不要到来的那份煎熬，却成了今日我心中为了下定某种决心时所需的经历储备。

我们就是在一次又一次这样的经历中日益成熟的，然而说到其中每一次成长的转折点，则是那些不希望明天到来的日子！——牢记这一点是非常重要的。正因为如此，我才画下了本章开篇的那幅画。

说起来，想必大家都有各自的"那一日"。这些经历无不与各自的人生故事紧密相连。在我们日后面临人生抉择之时，它们也定会给予我们一些启发。

同样，我们既有不希望明日来临的煎熬时刻，也有高兴得忘乎所以的欢乐时光，有时候我们甚至恨不得想让世界上的一切就此在眼前消失。一次又一次，一天又一天，我们就这样，在一场场周而复始的经历中成长。

无论是重要的日子，还是无聊到让人吃饱就犯困的日子，无论是戏剧性的日子，还是平淡无奇的日子，我都会以同样的热忱来对待。若我们坚信此生中的每一天都有着不可复制的特殊价值，那么总有一天，这些经历会成为我们在面临抉择时的灵感源泉。

不感兴趣的人的视角

保持

"对那个问题

　最不感兴趣的

　　人的视角"。

对我来说，以上才是最重要的事情，也是我最想做到的事情。

在围绕一个主题创作的时候，我常常会想：那些对这个主题最不感兴趣的人，会如何理解它呢？我会绞尽脑汁地思考，对最不感兴趣的群体而言，能吸引他们的说法，勾起其兴趣的画面究竟是什么样的？

如果只用行话，绝对无法引起"圈外人"的共鸣。

那么，要怎样说才能引起最不感兴趣的人的兴趣呢——想要传达给"最想告诉的人"，非得下一番苦功夫不可。

就好比在早会上叫大家"不要迟到"，但此时真正迟到的人根本就不在场——按部就班的方法，效果可想而知。

护手霜的外壳，

因为沾了护手霜
而变得黏糊糊的。

用语言来说明语言，

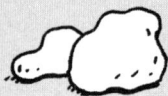

就好比用黏土来表现黏土
一样，基本没有效果。

对自己的作品感到自
我满足，既是开端，
也是目标。

转一圈，然后回到原点。
圈的大小是由轮子的直径决定的。

172

触摸世界的方式
与缩回手的方式。

地球人还真是……

小气呢！

请分享一下什么是
"您花了十年才明
白的事"！

时间我有。

性恶论更能让人
心安理得。

人性本恶。
能忍则伟大！

但我没空。

生活里的小烦琐，

让人无暇顾及大烦恼。

没有维持现状的
心理准备，

也没有放手的勇气。

我经常透过这个洞
窥探外面的世界。
所以我知道透过这个洞
都能看到些什么。

现在幸福与否，

无须现在决定。

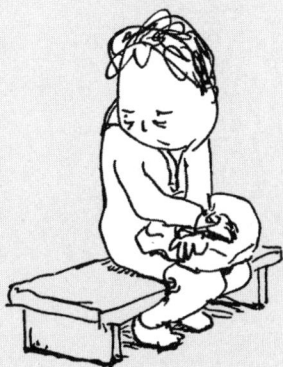

"幸灾乐祸"的

正确打开方式，

请参见"全日本幸灾乐
祸协会建议书"。

什么都不想浪费。

歌颂无知的人们

一点也不想浪费。

175

设有爱，
但有关心。

问问题问错了人。

买下

叠起

满足

我该怪
谁好呢?

如果只有自己拿的是大行李，
还挺尴尬的。

其实每个人
的心里都有
想要遮盖的
地方。

总是下意识地
想要遮住受伤
的地方。

哇……

太悲哀了……

不知道
该怎么做……

帮你看看

什么都不想做的早上

慢悠悠地走

羞于订购的
物品专辑

可以放松的不是你。

过去看不起的东西

和现在看不起的东西

全家人都回来了。

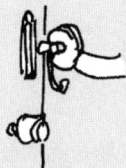

好喜欢听钥匙
"咔嗒"开门
的声音。

练习放手

今天大家都辛苦了。

幸福就是，

幸福就是……

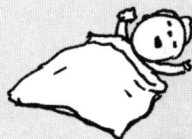

想睡就睡。

祝大家心情愉快。

179

看完寂寞中年大叔的这些琐碎感悟，
不知大家都有什么感想呀？

只有最开始的部分和
"欲望"有关呢。

嘿嘿嘿嘿。

1.

请允许我插个其他话题，我一直很喜欢一个名为"宫大工
（修建寺庙的木匠）栋梁"的故事。
某天，一个木匠受托修复寺庙中两座佛塔中的某一座，而
这两座佛塔从外观上看，几乎一模一样。

旧 新

修复完成后，委托方投诉他
私自改动了新佛塔的高度。

2.

木匠听完，淡定地回答道："这是为了保证
它们五百年后的高度一致。"
刚听到这个故事时，我不禁拍案叫绝：

这个木匠太厉害了！
真帅！

但过了几年，我
感觉有点不对劲。

莫非还存在其他可能性？
若真是如此，那"五百年"这个说法就是
灵光一现的忽悠人的说辞。

完蛋了，我搞错尺寸了。

这个木匠果然
了不起！

我太喜欢
他了！

不过五百年后我都死了，
怕什么。

不管真实情况是哪种，这个木匠都是个
厉害的人。

所以我想说的就是：遥远的未来总是让人充满了期待！
谁也不能断言，这本书即便在遥远未来的人看来也一
定就是毫无价值的。

时间胶囊

5.

一边如此自我安慰，一边和各种欲望共生。

非常感谢亲爱
的读者一直陪
伴我到最后。

期待着新欲望的产生……

6.

日文原版图书设计：浅妻健司